Tales of Prop
Bilingual Ed
& Ind

by

Muhammad Vandestra

2018

Prolog

Prophet Abraham (Pbuh) left Egypt accompanied by his nephew Luth (Pbuh), who then went to the city of Sodom (Sadum), which was on the western shore of the Dead Sea. This city was filled with evil. Its residents waylaid, robbed and killed travelers. Another common evil among them was that men had sex with men instead of with women. This unnatural act later became known as sodomy (after the city of Sodom). It was practiced openly and unashamedly.

It was at the height of these crimes and sins that Allah revealed to Prophet Luth (PBUH) that he should summon the people to give up their indecent behavior, but they were so deeply sunk in their immoral habits that they were deaf to Lot's preaching. Swamped in their unnatural desires, they refused to listen, even when Lot warned them of Allah's punishment. Instead, they threatened to drive him out of the city if he kept on preaching.

Allah the Almighty revealed: *The people of Lot (those dwelt in the towns of Sodom in Palestine) belied the Messengers when their brother Lot said to them: "Will you not fear Allah and obey Him? Verily! I am a trustworthy Messenger to you. So fear Allah, keep your duty to Him, and obey me. No reward do I ask of you for it (my Message of Islamic Monotheism) my reward is only from the Lord of the Alamin (mankind, jinn and all that exists). Go you in unto the males of the Alamin (mankind), and leave those whom Allah has created for you to be your wives? Nay, you are a trespassing people!"*

They said: "If you cease not, O Lot! Verily, you will be one of those who are driven out!"

He said: "I am indeed, of those who disapprove with severe anger and fury your (this evil) action (of sodomy). My Lord! Save me and my family from what they do."

Allah SWT berfirman:

"Kaum Luth telah mendustakan rasul-rasul. Ketika saudara mereka Luth, berkata kepada mereka: Mengapa kamu tidak bertakwa? Sesungguhnya aku adalah seorang rasul kepercayaan (yang diutus) kepadamu, maka bertakwalah kepada Allah dan taatlah kepadaku." (QS. asy-Syu'ara: 160-163)

Dengan kelembutan dan kasih sayang semacam ini, Nabi Luth berdakwah kepada kaumnya. Beliau mengajak mereka untuk hanya menyembah kepada Allah SWT yang tiada sekutu bagi-Nya. Dan melarang mereka untuk melakukan kejahatan dan kekejian. Namun dakwah beliau berhadapan dengan hati yang keras dan jiwa yang sakit serta penolakan yang berasal dari kesombongan.

Tales of Prophet Lot (Pbuh)

Prophet Abraham (Pbuh) left Egypt accompanied by his nephew Prophet Luth (Lot), who then went to the city of Sodom (Sadum), which was on the western shore of the Dead Sea.

This city was filled with evil. Its residents waylaid, robbed and killed travelers. Another common evil among them was that men had sex with men instead of with women. This unnatural act later became known as sodomy (after the city of Sodom). It was practiced openly and unashamedly.

It was at the height of these crimes and sins that Allah revealed to Prophet Luth (Pbuh) that he should summon the people to give up their indecent behavior, but they were so deeply sunk in their immoral habits that they were deaf to Lot's preaching. Swamped in their unnatural desires, they refused to listen, even when Lot warned them of Allah's punishment. Instead, they threatened to drive him out of the city if he kept on preaching.

Allah the Almighty revealed: *The people of Lot (those dwelt in the towns of Sodom in Palestine) belied the Messengers when their brother Lot said to them: "Will you not fear Allah and obey Him? Verily! I am a trustworthy Messenger to you. So fear Allah, keep your duty to Him, and obey me. No reward do I ask of you for it (my Message of Islamic Monotheism) my reward is only from the Lord of the Alamin (mankind, jinn and all that exists). Go you in unto the males of the Alamin (mankind), and leave those whom Allah has created for you to be your wives? Nay, you are a trespassing people!"*

They said: "If you cease not, O Lot! Verily, you will be one of those who are driven out!"

He said: "I am indeed, of those who disapprove with severe anger and fury your (this evil) action (of sodomy). My Lord! Save me and my family from what they do."

So We saved him and his family, all except an old woman (this wife) among those who remained behind. (Ch 26:160-171 Quran)

The doings of Lot's people saddened his heart. Their unwholesome reputation spread throughout the land, while he struggled against them. As the years passed, he persisted in his mission but to no avail. No one responded to his call and believed except for the members of his family, and even in his household, not all the members believed. Lot's wife, like Noah's wife, a disbeliever.

Allah the Almighty declared: *Allah set forth an example for those who disbelieve, the wife of Noah and the wife of Lot. They were under two of Our righteous slaves, but they both betrayed their (husbands, by rejecting their doctrines) so they (Noah & Lut) benefited them (their respective wives) not, against Allah, and it was said: "Enter the Fire along with those who enter!"* (Ch 66:10 Quran)

If home is the place of comfort and rest, then Lut found none, for he was tormented both inside and outside his home. His life was continuous torture and he suffered greatly, but he remained patient and steadfast with his people. The years rolled by, and still not one believed in him. Instead, they belittled his message and mockingly challenged him: *"Bring Allah's Torment upon us if you are one of the truthful!"* (Ch 29:29 Quran).

Overwhelmed with despair, Lot prayed to Allah to grant him victory and destroy the corrupt. Therefore, the angels left Abraham (pbuh) and headed for Sodom the town of Lut (pbuh). They reached the walls of the town in the afternoon. The first person who caught sight of them was Lot's daughter, who was sitting beside the river, filling her jug with water. When she lifted her face and saw them, she was stunned that there could be men of such magnificent beauty on earth.

One of the tree men (angels) asked her: "O maiden, is there a place to rest?"

Remembering the character of her people she replied, "Stay here and do not enter until I inform my father and return." Leaving her jug by the river, she swiftly ran home.

"O father!" she cried. "You are wanted by young men at the town gate and I have never before seen the like of their faces!"

Lot felt distressed as he quickly ran to his guests. He asked them where they came from and where they were going.

They did not answer his questions. Instead they asked if he could host them. He started talking with them and impressed upon them the subject of his people's nature. Lot was filled with turmoil; he wanted to convince his guests without offending them, not to spend the night there, yet at the same time he wanted to extend to them the expected hospitality normally accorded to guests. In vain he tried to make them understand the perilous situation. At last, therefore, he requested them to wait until the night fell, for then no one would see them.

When darkness fell on the town, Lot escorted his guest to his home. No one was aware of their presence. However, as soon as Lot's wife saw them, she slipped out of the house quietly so that no one noticed her. Quickly, she ran to her people with the news and it spread to all the inhabitants like wildfire. The people rushed towards Lot quickly and excitedly. Lot was surprised by their discovery of his guests. and he wondered who could have informed them. The matter became clear, however, when he could not find his wife, anywhere, thus adding grief to his sorrow.

When Lot saw the mob approaching his house, he shut the door, but they kept on banging on it. He pleaded with them to leave the visitors alone and fear Allah's punishment. He urged them to seek sexual fulfillment with their wives, for that is what Allah had made lawful.

Lot's people waited until he had finished his short sermon, and then they roared with laughter. Blinded by passion, they broke down the door. Lot became very angry, but he stood powerless before these violent people. He was unable to prevent the abuse of his guests, but he firmly stood his ground and continued to plead with the mob.

At that terrible moment, he wished he had the power to push them away from his guests. Seeing him in a state of helplessness, and grief the guests said: "Do not be anxious or frightened, Lot for we are angels, and these people will not harm you."

On hearing this, the mob was terrified and fled from Lot's house, hurling threats at him as they left. The angels warned Prophet Lut (pbuh) to leave his house before sunrise, taking with him all his family except his wife.

Allah had decreed that the city of Sodom should perish. AN earthquake rocked the town. IT was as if a mighty power had lifted the entire city and flung it down in one jolt. A storm of stones rained on the city. Everyone and everything was destroyed, including Lot's wife.

Allah the Almighty recounted this story: *And tell them about the guests (angels) of Abraham. When they entered unto him, and said: "Salaaman (peace)!" Abraham said: "Indeed! We are afraid of you."*

They (the angels) said: "Do not be afraid! We give you glad tidings of a boy (son) possessing much knowledge and wisdom." (Abraham) said: "Do you give me glad tidings (of a son) when old age has overtaken me? Of what then is your news?" They (the

"Dan (ingatlah kisah) Luth, ketika ia berkata kepada kaumnya: "Mengapa kamu mengerjakan perbuatan keji itu sedang kamu melihat(nya). Mengapa kamu mendatangi laki-laki untuk (memenuhi) nafsu(mu), bukan mendatangi wanita? Sebenarnya kamu adalah kaum yang tidak dapat mengetahui (akibat perbuatanmu)." (QS. an-Naml: 54-55)

Nabi Luth menyampaikan dakwah kepada mereka dengan penuh ketulusan dan kejujuran, namun apa gerangan jawaban dari kaumnya:

"Maka tidak lain jawaban kaumnya melainkan mengatakan: 'Usirlah Luth beserta keluarganya dari negerimu; karena sesungguhnya mereka itu orang-orang yang (mendakwahkan dirinya) bersih.'" (QS. an-Naml: 56)

Mengapa mereka menjadikan sesuatu yang patut dipuji menjadi sesuatu yang tercela yang kemudian harus diusir dan dikeluarkan. Tampak bahwa jiwa kaum Nabi Luth benar-benar sakit dan mereka justru menganiaya diri mereka sendiri serta bersikap angkuh terhadap kebenaran. Akhirnya, kaum pria cenderung kepada sesama jenis mereka, bukan malah cenderung kepada wanita. Sungguh aneh ketika mereka menganggap kesucian dan kebersihan sebagai kejahatan yang harus disirnakan. Mereka orang-orang yang sakit yang justru menolak obat dan memeranginya. Tindakan kaum Nabi Luth membuat had beliau bersedih. Mereka melakukan kejahatan secara terang-terangan di tempat-tempat mereka. Ketika mereka melihat seorang asing atau seorang musafir atau seorang tamu yang memasuki kota, maka mereka menangkapnya. Mereka berkata kepada Nabi Luth, "sambutlah tamu-tamu perempuan dan tinggalkanlah untuk kami kaum pria." Mulailah perilaku mereka yang keji itu terkenal.

Nabi Luth memerangi mereka dalam jihad yang besar. Nabi Luth mengemukakan argumentasi. Hari demi hari, bulan demi bulan, dan tahun demi tahun berlalu, dan Nabi Luth terus berdakwah. Namun tak seorang pun yang mengikutinya dan tiada yang beriman kepadanya kecuali keluarganya, bahkan keluarganya pun tidak beriman semuanya. Istri Nabi Luth kafir seperti istri Nabi Nuh:

"Allah membuat istri Nuh dan istri Luth perumpamaan bagi orang-orang kafir. Keduanya berada di bawah pengawasan dua orang hamba yang saleh di antara hamba-hamba Kami; lalu kedua istri itu berkhianat kepada kedua suaminya, maka kedua suaminya itu tidak dapat membantu mereka sedikit pun dari (siksa) Allah; dan dikatakan (kepada keduanya): 'Masuklah ke neraka bersama orang-orang yang masuk neraka.'" (QS. at-Tahrim: 10)

Jika rumah adalah tempat istirahat yang di dalamnya seseorang mendapatkan ketenangan, maka Nabi Luth tersiksa, baik di luar rumah maupun di dalamnya. Kehidupan Nabi Luth dipenuhi dengan mata rantai penderitaan yang keras namun beliau tetap sabar atas kaumnya. Berlalulah tahun demi tahun tetapi tak seorang pun yang beriman kepadanya, bahkan mereka mulai mengejek ajarannya dan mengatakan apa saja yang ingin mereka katakan:

"Datangkanlah kepada kami azab Allah, jika kamu termasuk orang-arang yang benar." (QS. al-'Ankabut: 29)

Ketika terjadi hal tersebut, Nabi Luth berputus asa kepada mereka dan ia berdoa kepada Allah SWT agar menolongnya dan menghancurkan orang-orang yang membuat kerusakan. Akhirnya, para malaikat keluar dari tempat Nabi Ibrahim menuju desa Nabi Luth. Mereka sampai saat Ashar. Mereka mencapai pagar-pagar Sudum. Sungai mengalir di tengah-tengah tanah yang penuh dengan tanaman yang hijau.

Sementara itu, anak perempuan Nabi Luth berdiri sedang memenuhi tempat airnya dari air sungai itu. Ia mengangkat wajahnya sehingga menyaksikan mereka. Ia tampak keheranan melihat kaum pria yang memiliki ketampanan yang mengagumkan. Salah seorang malaikat bertanya kepada anak kecil itu: "Wahai anak perempuan, apakah ada rumah di sini?" Ia berkata (saat itu ia mengingat kaumnya), "Hendaklah kalian tetap di situ sehingga aku memberitahu ayahku dan kemudian akan kembali pada kalian." Ia meninggalkan wadah airnya di sisi sungai dan segera menuju ayahnya.

"Ayahku, ada pemuda-pemuda yang ingin menemuimu di pintu kota. Aku belum pernah melihat wajah-wajah seperti mereka," kata anak itu dengan nada gugup. Nabi Luth berkata kepada dirinya sendiri: Ini adalah hari yang dahsyat. Beliau segera berlari menuju tamu-tamunya. Ketika Nabi Luth melihat mereka, beliau merasakan keheranan yang luar biasa. Beliau berkata: "Ini adalah hari yang dahsyat." Beliau bertanya kepada mereka: "Dari mana mereka datang dan apa tujuan mereka?" Mereka malah terdiam dan justru memintanya untuk menjamu mereka." Nabi Luth tampak malu di hadapan mereka, kemudian beliau berjalan di depan mereka sedikit lalu beliau berhenti sambil menoleh kepada mereka dan berkata: "Saya belum mengetahui kaum yang lebih keji di muka bumi ini selain penduduk negeri ini." Beliau mengatakan demikian dengan maksud agar mereka mengurungkan niat mereka untuk bermalam di negerinya. Namun mereka tidak peduli dengan ucapan Nabi Luth dan mereka tidak memberikan komentar atasnya.

Nabi Luth kembali berjalan bersama mereka dan beliau selalu berusaha untuk mengalihkan pembicaraan tentang kaumnya. Nabi Luth memberitahu mereka bahwa penduduk desanya sangat jahat dan menghinakan tamu-tamu mereka. Di samping itu, mereka juga membuat kerusakan di muka bumi dan seringkali terjadi pertentangan di dalam desanya. Pemberitahuan tersebut dimaksudkan agar para tamunya membatalkan niat mereka untuk bermalam di desanya tanpa harus melukai perasaan mereka dan tanpa menghilangkan penghormatan pada tamu. Nabi Luth berusaha dan mengisyaratkan kepada mereka untuk melanjutkan perjalanannya tanpa harus mampir di negerinya. Namun tamu-tamu itu sangat mengherankan. Mereka tetap berjalan dalam keadaan diam. Ketika Nabi Luth melihat tekad mereka untuk tetap bermalam di kota, beliau meminta kepada mereka untuk tinggal di suatu kebun sehingga datang waktu Maghrib dan kegelapan menyelimuti segala penjuru kota. Nabi Luth sangat bersedih dan dadanya menjadi sempit. Karena rasa takutnya dan penderitaanya sehingga ia lupa untuk memberi mereka makanan. Kegelapan mulai menyelimuti kota. Nabi Luth menemani tiga tamunya itu berjalan menuju rumahnya. Tak seorang pun dari penduduk kota yang melihat mereka. Namun istrinya melihat mereka sehingga ia keluar menuju kaumnya dan memberitahu mereka kejadian yang dilihatnya. Kemudian tersebarlah berita dengan begitu cepat dan selanjutnya kaum Nabi Luth menemuinya. Allah SWT berfirman:

"Dan tatkala datang utusan-utusan Kami (para malaikat) itu kepada Luth, dia merasa susah dan merasa sempit dadanya karena kedatangan mereka, dan dia berkata: 'Ini adalah hari yang amat sulit.' Dan datanglah kepadanya kaumnya dengan bergesa-gesa. Dan sejak dahulu mereka selalu melakukan perbuatan-perbuatan yang keji." (QS. Hud: 77-78)

Mulailah terjadi hari yang sangat keras. Kaum Nabi Luth bergegas menuju padanya. Nabi Luth bertanya pada dirinya sendiri: "Siapa gerangan yang memberitahu mereka?" Kemudian ia menoleh ke kanan dan ke kiri untuk mencari istrinya namun ia tidak menemuinya. Maka bertambahlah kesedihan Nabi Luth.

Kaum Nabi Luth berdiri di depan pintu rumah. Nabi Luth keluar kepada mereka dengan penuh harap, bagaimana seandainya mereka diajak berpikir secara sehat? Bagaimana seandainya mereka diajak menggunakan fitrah yang sehat? Bagaimana seandainya mereka tergugah dengan kecenderungan yang sehat terhadap jenis lain yang Allah SWT ciptakan untuk mereka? Bukankah di dalam rumah mereka terdapat kaum wanita? Seharusnya wanitalah yang menjadi kecenderungan mereka, bukan malah mereka cenderung kepada sesama pria.

"Dia berkata: 'Hai kaumku, inilah putri-putri (negeriku) mereka lebih suci bagimu, maka bertakwalah kepada Allah dan janganlah kamu mencemarkan (nama)ku terhadap tamuku ini. Tidak adakah di antaramu seorang yang berakal." (QS. Hud: 78)

"Inilah putri-putri (negeriku)." Apa yang dimaksud dengan pernyataan tersebut? Nabi Luth ingin berkata kepada mereka: "Di hadapan kalian terdapat wanita-wanita di bumi. Mereka lebih suci bagi kalian dalam bentuk kesucian jiwa dan fisik. Ketika kalian cenderung kepada mereka, maka kecenderungan itu merupakan pelaksanaan dari fitrah yang sehat." "Maka bertakwalah kalian kepada Allah." Nabi Luth berusaha menjamah jiwa mereka dari sisi takwa setelah menjamahnya dari sisi fitrah. Bertakwalah kepada Allah SWT dan ingatlah bahwa Allah SWT mendengar dan melihat serta akan murka dan menyiksa orang-orang yang durhaka. Seharusnya orang yang berakal sehat menghindari murka-Nya.

"Dan janganlah kalian mencemarkan namaku terhadap tamuku ini." Ini adalah usaha gagal dari beliau yang mencoba menggugah kemuliaan dan tradisi mereka sebagai orang badui yang harus menghormati tamu, bukan malah menghinakannya.

"Tidak adakah di antaramu seorang yang berakal?" Tidakkah di antara kalian terdapat orang yang mempunyai pikiran yang sehat? Tidakkah di antara kalian terdapat laki-laki yang berakal? Apa yang kalian inginkan jika memang terwujud, maka itu hakikat kegilaan. Akal adalah sarana yang tepat bagi kalian untuk mengetahui kebenaran. Sesungguhnya perkara tersebut sangat jelas kebenarannya jika kalian memperhatikan fitrah, agama, dan harga diri." Kaumnya menunggu hingga beliau selesai dari nasihatnya yang singkat lalu mereka tertawa terbahak-bahak. Kalimat Nabi Luth yang suci itu tidak mampu mengubah pendirian jiwa yang sakit, hati yang beku, dan pikiran yang bodoh:

"Mereka menjawab: 'Sesungguhnya kamu telah tahu bahwa kami tidak mempunyai keinginan terhadap putri-putrimu; dan sesungguhnya kamu tentu mengetahui apa yang sebenarnya kami kehendaki.'"
(QS. Hud: 79)

Demikianlah tampak dengan jelas bahwa kebenaran tersembunyi di balik pengkaburan, suatu hal yang diketahui oleh dunia semuanya. Mereka tidak mengatakan kepadanya apa yang mereka inginkan karena dunia mengetahuinya dan selanjutnya ia juga mengetahui, yakni isyarat yang buruk pada perbuatan yang buruk.

Nabi Luth merasakan kesedihan dan kelemahannya di tengah-tengah kaumnya. Dengan marah Nabi Luth memasuki rumahnya dan menutup pintu rumahnya. Ia berdiri mendengarkan tertawa dan celaan serta pukulan terhadap pintu rumahnya. Sementara itu, orang-orang asing yang dijamu oleh Nabi Luth tampak duduk dalam keadaan tenang dan terpaku. Nabi Luth merasakan keheranan dalam dirinya ketika melihat ketenangan mereka. Dan pukulan-pukulan yang ditujukan pada pintu semakin kencang. Mulailah kayu-kayu pintu itu tampak rusak dan lemah, lalu Nabi Luth berteriak dalam keadaan kesal:

"Luth berkata: 'Seandainya aku mempunyai kekuatan (untuk menolakmu) atau kalau aku dapat berlindung kepada keluarga yang kuat (tentu aku lakukan).'" (QS. Hud: 80)

Nabi Luth berharap akan mendapatkan kekuatan sehingga dapat melindungi para tamunya. Beliau mengharapkan seandainya terdapat benteng yang kuat yang dapat melindunginya, yaitu benteng Allah SWT yang di dalamnya para nabi dan kekasih-kekasih-Nya dilindungi. Berkenaan dengan hal itu, Rasulullah berkata saat membaca ayat tersebut: "Allah SWT menurunkan rahmat atas Nabi Luth. Ia berlindung pada benteng yang kokoh." Ketika penderitaan mencapai puncaknya dan Nabi Luth mengucapkan kata-katanya yang terbang laksana burung yang putus asa, para tamunya bergerak dan tiba-tiba bangkit. Mereka memberitahunya bahwa ia benar-benar akan terlindung di bawah benteng yang kuat:

"Para utusan (malaikat) berkata: 'Hai Luth sesungguhnya kami adalah utusan-utusan Tuhanmu, sekali-sekali mereka tidak akan dapat mengganggu kamu." (QS. Hud: 81)

Jangan berkeluh kesah wahai Luth dan jangan takut. Kami adalah para malaikat, dan kaum itu tidak akan mampu menyentuhmu. Tiba-tiba pintu terbelah. Jibril bangkit dan ia menunjuk dengan tangannya secara cepat sehingga kaum itu kehilangan matanya. Lalu mereka tampak serampangan di dalam dinding dan mereka keluar dari rumah dan mereka mengira bahwa mereka memasukinya. Jibril as menghilangkan mata mereka.

Allah SWT berfirman:

"Dan sesungguhnya mereka telah membujuknya (agar menyerahkan) tamunya (kepada mereka), lalu kami butakan mata mereka, maka rasakanlah azab-Ku dan ancaman-ancaman-Ku. Dan sesungguhnya pada esok harinya mereka ditimpa azab yang kekal." (QS. al-Qamar: 37-38)

Para malaikat menoleh kepada Nabi Luth dan memerintahkan kepadanya untuk membawa keluarganya di tengah malam dan keluar. Mereka mendengar suara yang sangat mengerikan dan akan menggoncangkan gunung. Siksa apa ini? Ini adalah siksa dari bentuk yang aneh. Para malaikat memberitahunya bahwa istrinya termasuk orang-orang yang menentangnya. Istrinya adalah seorang kafir seperti mereka, sehingga jika turun azab kepada mereka, maka ia pun akan menerimanya.

Keluarlah wahai Luth karena keputusan Tuhanmu telah ditetapkan. Nabi Luth bertanya kepada malaikat: "Apakah sekarang akan turun azab kepada mereka?" Para malaikat memberitahunya bahwa mereka akan terkena azab pada waktu Subuh. Bukankah waktu Subuh itu sangat dekat?

Allah berfirman SWT:

"Pergilah dengan membawa keluarga dan pengikut-pengikut kamu di akhir malam dan janganlah ada seorang pun di antara kalian yang tertinggal, kecuali istrimu Sesungguhnya dia akan ditimpa azab yang menimpa mereka karena sesungguhnya saat jatuhnya azab kepada mereka adalah di waktu subuh; bukankah subuh itu sudah dekat?" (QS. Hud: 81)

Nabi Luth keluar bersama anak-anak perempuannya dan istrinya. Mereka keluar di waktu malam. Dan tibalah waktu Subuh. Kemudian datanglah perintah Allah SWT:

"Maka tatkala datang azab Kami, Kami jadikan negeri kaum Luth itu yang di atas ke bawah (Kami balikkan), dan Kami hujani mereka dengan batu dari tanah yang terbakar dengan bertubi-tubi, yang diberi tanda oleh Tuhanmu, dan siksaan itu tiadalah jauh dari orang-orang yang lalim. " (QS. Hud: 82-83)

Para ulama berkata: "Jibril menghancurkan dengan ujung sayapnya tujuh kota mereka. Jibril mengangkat semuanya ke langit sehingga para malaikat mendengar suara ayam-ayam mereka dan gonggongan anjing mereka. Jibril membalikkan tujuh kota itu dan menumpahkannya ke bumi. Saat terjadi kehancuran, langit menghujani mereka dengan batu-batu dari neraka Jahim. Yaitu batu-batu yang keras dan kuat yang datang silih berganti. Neraka Jahim terus menghujani mereka sehingga kaum Nabi Luth musnah semuanya. Tiada seorang pun di sana. Semua kota-kota hancur dan ditelan bumi sehingga terpancarlah air dari bumi. Hancurlah kaum Nabi Luth dan hilanglah kota-kota mereka. Nabi Luth mendengar suara-suara yang mengerikan. Istrinya melihat sumber suara dan dia pun musnah."

Allah SWT berfirman tentang kota-kota Luth:

"Lalu Kami keluarkan orang-orang yang beriman yang berada di negeri kaum Luth itu. Dan Kami tidak mendapati di negeri itu, kecuali sebuah rumah dari orang-orang yang berserah diri. Dan Kami tinggalkan pada negeri itu suatu tanda bagi orang-orang yang takut kepada siksa yangpedih. " (QS. adz-Dzariyat: 35-37)

"Dan sesungguhnya kota itu benar-benar terletak dijalan yang masih tetap (dilalui manusia)." (QS. al-Hijr: 76)

"Dan sesungguhnya kamu (hai penduduk Mekah) benar-benar akan melalui (behas-bekas) mereka di waktu pagi, dan diwaktu malam. Maka apakah kamu tidak memikirkannya." (QS. ash-Shaffat: 137-138)

Yakni ia adalah bukti kekuasaan Allah SWT yang zahir. Para ulama berkata: "Bahwa kota-kota yang tujuh menjadi danau yang aneh di mana airnya asin dan deras airnya lebih besar dari derasnya air laut yang asin. Dan di dalam danau ini terdapat batu-batu tarnbang yang mencair. Ini mengisyaratkan bahwa batu-batu yang ditimpakan pada kaum Nabi Luth menyerupai butiran-butiran api yang menyala. Ada yang mengatakan bahwa danau yang sekarang bernama al-Bahrul Mayit yang terletak di Palestina adalah kota-kota kaum Nabi Luth."

Tamatlah riwayat kaum Nabi Luth dari bumi. Akhirnya, Nabi Luth menemui Nabi Ibrahim. Beliau menceritakan berita tentang kaumnya. Beliau heran ketika mendengar bahwa Nabi Ibrahim juga mengetahuinya. Nabi Luth ter

Author Biography

Muhammad Vandestra has been a columnist, health writer, soil scientist, magazine editor, web designer & kendo martial arts instructor. A writer by day and reader by night, he write fiction and non-fiction books for adult and children. He lives in West Jakarta City.

Muhammad Vandestra merupakan seorang kolumnis, editor majalah, perancang web & instruktur beladiri kendo. Seorang penulis pada siang hari dan pembaca di malam hari, Ia menulis buku fiksi dan non-fiksi untuk anak-anak dan dewasa. Sekarang ia tinggal dan menetap di Kota Jakarta Barat.

Blog https://www.vandestra.blogspot.com